El Gato
que se convirtió
en Unicornio

Anita V. Sanders

Ediciones Afrodita

Contenido:

Capítulo 1
El gato callejero

En un bullicioso callejón de la ciudad, entre destellos de luces de neón y el eco de pasos apresurados, vivía un gato callejero llamado Simón. Era un felino de pelaje blanco con ojos amarillos brillantes que destellaban con astucia y curiosidad. Pasaba sus días deambulando por las estrechas calles, buscando comida entre restos de los mercados y durmiendo bajo las estrellas.

A pesar de su vida difícil, Simón conservaba una chispa de alegría en su corazón. Le encantaba observar a los humanos pasar, imaginando las historias detrás de cada rostro y paso apresurado. Soñaba con aventuras más allá de los confines del callejón y se preguntaba si algún día podría encontrar su propio destino especial.

Una tarde, mientras merodeaba por el mercado en busca de algo para comer, Simón escuchó un susurro en el viento. Era un murmullo suave y misterioso que parecía llamarlo desde lo más profundo de su ser. Intrigado, siguió el sonido hasta llegar a un rincón oscuro donde encontró a una anciana lechuza posada en una rama.

"¿Quién eres tú?" preguntó Simón, sintiendo una mezcla de curiosidad y temor.

La lechuza giró su cabeza con gracia y respondió con una voz sabia y serena: "Soy la guardiana de los secretos antiguos, el guía de aquellos que buscan su destino. He sentido tu inquietud, joven gato, y estoy aquí para ofrecerte un camino hacia la verdadera grandeza".

Simón se quedó sin aliento ante las palabras de la lechuza. Nunca antes había encontrado a alguien tan misterioso y fascinante. Con el corazón latiendo de emoción, decidió seguir a la lechuza y descubrir qué destino le aguardaba.

Así comenzó la aventura de Simón, el gato callejero, en busca de su verdadero propósito en el mundo.

SOUCHDERY

Capítulo 2
El llamado misterioso

Siguiendo a la anciana lechuza por el callejón oscuro, Simón se sintió cada vez más intrigado por el misterioso llamado que resonaba en su interior. La lechuza, con su vuelo silencioso y elegante, parecía conducirlo hacia un destino desconocido e intrigante, pero... emocionante.

El callejón los llevó a las afueras de la ciudad, donde los edificios altos y ruidosos dieron paso a campos abiertos y senderos bordeados de árboles. Simón se maravilló ante la belleza tranquila de la naturaleza y el aire fresco que llenaba sus pulmones.

"¿A dónde me llevas?" preguntó Simón a la lechuza, cuyos ojos brillaban con una luz misteriosa.

"Te estoy llevando hacia tu destino, joven Simón", respondió el ave emplumada, en tono enigmático. "Has sido llamado por fuerzas más allá de tu comprensión, y es hora que descubras tu verdadero potencial".

Con cada paso que daba, Simón sentía que se acercaba más a la respuesta que tanto ansiaba. El misterioso llamado en su interior se intensificaba, llenándolo de una sensación de urgencia y emoción.

Finalmente, llegaron a un claro en el bosque donde un arco iris brillaba en el cielo, bañando el paisaje en colores palpitantes y brillosos. En el centro del claro, había un pozo de agua cristalina que reflejaba la luz del sol de la tarde.

"Este es el lugar donde tu viaje verdadero comienza", anunció la lechuza con solemnidad. "Entra en las aguas sagradas y descubre tu destino".

Simón miró hacia el pozo con determinación, sintiendo una mezcla de nerviosismo y emoción. Sabía que una gran aventura le aguardaba al sumergirse en las aguas mágicas del claro.

Con un último vistazo a la lechuza que lo había guiado hasta allí, Simón se adentró en las aguas resplandecientes, listo para descubrir el propósito que lo había llamado desde lo más profundo de su ser.

El misterio y la emoción llenaron el corazón del joven gato mientras se sumergía en las aguas cristalinas, listo para emprender el viaje de su vida.

Y así comenzó la historia más alucinante que un minino pudiera haber soñado.

Capítulo 3
La revelación

Después de sumergirse en las aguas sagradas del claro, Simón emergió con una sensación renovada de energía y determinación. Su pelaje brillaba bajo el resplandor del sol, y sus ojos destellaban con una nueva luz. Él supo en ese momento que algo había cambiado, que ya no sería el mismo gato desafortunado del callejón, y que había comenzado una aventura que lo llevaría más allá de cualquier cosa imaginada.

Mientras exploraba el claro, una sombra cayó sobre él. Miró hacia arriba y vio a la lechuza, que lo observaba con ojos penetrantes desde una rama cercana.

"Has emergido del agua como un nuevo ser", dijo la lechuza con su voz grave y melódica. "Ahora es el momento que descubras tu verdadero destino".

Simón se acercó a ella con reverencia, sintiendo un profundo respeto por esa criatura sabia, que lo había guiado hasta allí.

"¿Cuál es mi destino?" preguntó Simón con ansiedad, deseando conocer la respuesta a la pregunta que lo había impulsado desde el principio.

La lechuza extendió sus alas majestuosas y habló con solemnidad: "Tú, Simón, estás destinado a convertirte en el guardián de la magia, que durante siglos se ha manifestado en la forma de un "gato unicornio", un ser único que traerá luz y esperanza al mundo. Pero para lograrlo, debes embarcarte en un viaje lleno de desafíos y descubrir tus habilidades ocultas".

Simón escuchó atentamente las palabras de la lechuza, sintiendo una mezcla de emoción y determinación que comenzaba a crecer en su interior. Sabía que éste era solo el comienzo de una gran aventura que lo llevaría a lugares inimaginables.

Con un firme asentimiento, Simón se despidió de la sabia lechuza y se adentró en el bosque, listo para enfrentar lo que el futuro tenía reservado para él.

Así, con el llamado del destino resonando en su corazón, Simón se embarcó en la siguiente etapa del viaje para lograr convertirse en el legendario gato unicornio, un guardián de la magia y la esperanza en un mundo lleno de maravillas y desafíos.

¡Y así concluyó este tercer capítulo de la historia de Simón, el gato callejero, en su camino hacia la grandeza como el misterioso gato unicornio!

Capítulo 4
La búsqueda
del tesoro interior

Con las palabras de la lechuza resonando en su mente, Simón se adentró en el espeso bosque con determinación. Sabía que para convertirse en el legendario gato unicornio, debía descubrir sus habilidades únicas y desbloquear su verdadero potencial.

El bosque era un laberinto de senderos sinuosos y árboles antiguos que susurraban secretos al viento. Simón caminaba con paso decidido, los ojos y los oídos bien abiertos, buscando pistas sobre su destino.

Pronto, llegó a un claro donde se encontró con una serie de desafíos que bloqueaban su camino. Había un río caudaloso que rugía con furia, un árbol caído bloqueaba el paso y una cueva oscura emanaba un aura misteriosa.

Sin vacilar, Simón se enfrentó a cada desafío con valentía y determinación. Utilizando su astucia y agilidad felina, cruzó el río con destreza, sorteó el árbol caído con ingenio y exploró la cueva oscura con coraje.

En su búsqueda del tesoro interior, Simón se encontró con retos que pusieron a prueba sus habilidades e ingenio. Pero con cada uno superado, se acercaba un paso más a descubrir su verdadero potencial.

Finalmente, después de superarlos a todos, Simón llegó a un claro iluminado por el sol, donde encontró una piedra brillante que emitía luz mágica. Con un palpitar emocionado en el pecho, recogió la piedra y sintió una oleada de energía recorrer su cuerpo.

"Este es el tesoro que has estado buscando", dijo una voz suave en su mente. "Es el poder que se encuentra dentro de ti, esperando ser utilizado".

Teniendo la piedra en su posesión, Simón sabía que había dado un paso importante en su viaje hacia la grandeza. Con determinación renovada, se preparó para enfrentar los desafíos que aún le esperaban, sabiendo tenía el poder interior necesario para triunfar.

Capítulo 5
La prueba del valor

Después de haber encontrado el tesoro interior en forma de la piedra brillante, Simón continuó su viaje con osadía renovada. Sabía que aún le aguardaban desafíos que pondrían a prueba su valentía y determinación en camino hacia la transformación en el legendario gato unicornio.

Mientras avanzaba por el bosque, se encontró con un grupo de criaturas mágicas que bloqueaban su camino. Había trolls enormes y peludos que gruñían con ferocidad, y goblins astutos que acechaban en las sombras con malicia.

Sin titubear, Simón se enfrentó a ellos con coraje, recordando las lecciones de humildad y empatía que había aprendido en su viaje hasta ahora. En lugar de recurrir a la violencia, utilizó su astucia e ingenio para resolver conflictos y encontrar soluciones pacíficas.

Él sabía, por otros que le habían contado, que de nada servía escapar o enfrentarse en lucha con las criaturas del bosque, porque son poderosas; por lo que, al tener de frente a los trolls, Simón utilizó su encanto y carisma para calmar los ánimos y convencerlos que le permitieran pasar. A su vez, con los goblins, empleó su inteligencia y habilidad para el diálogo negociando un acuerdo que beneficiara a ambas partes.

A medida superaba cada desafío con valentía y determinación, sentía que su corazón se llenaba de un sentido de propósito y realización. Sabía que estaba demostrando su valor como el futuro guardián de la magia y esperanza, simplemente porque con paz y simpatía estaba logrando cosas, en las que otros, con violencia, habían fracasado.

Al final, después de superar todas las pruebas con éxito, el gato llegó a un claro en el bosque donde encontró una fuente de agua mágica que brillaba con luz resplandeciente. Al beber el líquido cristalino, sintió una energía renovada fluir a través de él, fortaleciendo su espíritu.

Con un corazón lleno de gratitud y esperanza, Simón se preparó para continuar su viaje hacia la grandeza, sabiendo que cada dificultad superada lo acercaba un paso más a su destino como el legendario gato unicornio.

Capítulo 6
El despertar mágico

Tras superar la prueba de valor en el bosque encantado, Simón continuó su viaje con determinación renovada. Sabía que cada prueba superada tenía su premio, y que a veces no es un juguete o una comida, sino simplemente la satisfacción de haber triunfado por uno mismo.

Mientras caminaba por el sendero, una luz brillante apareció ante él, atrayéndolo hacia un claro iluminado por los rayos del sol. En el centro, había un majestuoso árbol centenario, cuyas ramas se mecían suavemente con la brisa.

Al acercarse, el gato blanco sintió una presencia mágica que lo envolvía, llenándolo de una sensación de asombro y reverencia. Entonces, una voz suave y melodiosa resonó en su mente.

"Simón, has demostrado valentía y determinación en tu viaje hasta ahora", dijo la voz. "Ha llegado el momento que despiertes el verdadero poder y descubras tu destino como el gato unicornio".

Con un palpitar emocionado, Simón se concentró en su interior y abrió el corazón a la magia que lo rodeaba. Una sensación cálida y reconfortante lo envolvió y lentamente comenzó a transformarse.

Su pelaje blanco brilló con una luz dorada, mientras le crecían majestuosas crines de colores brillantes en la cabeza. Un cuerno reluciente surgió de su frente, destellando con la magia que fluía a través de él.

Finalmente, Simón abrió los ojos y se encontró mirando a su reflejo en un estanque cercano. Ya no era un simple gato callejero, ahora era un majestuoso gato unicornio, imbuido de la magia y el poder de los ancestros.

Con lágrimas de alegría en sus ojos, se dio cuenta que su transformación no era solo física, sino también espiritual. Había encontrado su verdadero interior y abrazado su destino con valentía y determinación.

Con un maullido de júbilo, Simón se despidió del claro encantado y se dispuso a compartir su luz y magia con el mundo. Sabía que el viaje aún no había terminado, pero estaba listo para enfrentar cualquier desafío que se interpusiera en su camino.

Capítulo 7
La tentación del poder

Convertido en el majestuoso gato unicornio, Simón se sentía poseído de una nueva fuerza y sabiduría. Su pelaje brillaba con una luz dorada mientras caminaba con gracia por los senderos del bosque, consciente de su destino como guardián de la magia y la esperanza.

Sin embargo, a medida que avanzaba en su viaje, se encontró enfrentando una tentación poderosa: la atracción del poder y la fama. Criaturas de todas partes se maravillaban ante su presencia, admirando la belleza y habilidades mágicas.

Al principio, Simón se sintió halagado por la atención y el respeto que recibía. Disfrutaba de la adoración de aquellos que lo rodeaban, alimentando su orgullo y sentido de importancia.

Pero pronto, empezó a darse cuenta que la atención y reconocimiento no eran suficientes para satisfacer su alma. A medida que se sumergía más en la búsqueda del poder y la fama, comenzó a perder de vista lo que realmente importaba: su propósito como guardián de la magia y la esperanza.

Sus acciones se volvieron egoístas y arrogantes, y comenzó a utilizar la magia para obtener beneficios personales en lugar de ayudar a los demás. Se olvidó de las lecciones de humildad y empatía que había aprendido en su viaje, dejándose llevar por la seducción del poder.

Pero afortunadamente, la sabiduría de la lechuza y la magia del claro encantado lo llamaron de nuevo a su verdadero camino.

Simón reconoció su error y se arrepintió, simplemente porque en todo momento solo había pensado en él y no en los demás. Con humildad y determinación renovadas, Simón renunció a la tentación del poder y se comprometió a utilizar su magia para el bien de todos. Se dio cuenta que su verdadero propósito era ser un faro de esperanza y luz en un mundo lleno de oscuridad y desesperanza.

Capítulo 8
La lección de humildad

Después de renunciar a la tentación del poder y la fama, Simón el gato unicornio se embarcó en una búsqueda interna para encontrar la verdadera esencia de su ser. Sabía que, para cumplir el destino como guardián de la magia y la esperanza, necesitaba seguir creciendo, porque nadie lo sabe todo, y siempre hay lugar para un conocimiento más. Por, sobre todo, él necesitaba cultivar la humildad y empatía en su corazón.

En el viaje, se encontró con criaturas de todas las formas y tamaños, cada una con sus propias historias y desafíos. A medida que escuchaba sus relatos y compartía experiencias, comenzó a comprender la importancia de caminar en los zapatos de los demás y mostrar compasión hacia aquellos que sufrían.

Una tarde, mientras exploraba un valle tranquilo, Simón se encontró con una familia de conejos que luchaban por encontrar comida para sus crías. Sin dudarlo, Simón ofreció ayuda, utilizando su magia para crear un campo fértil lleno de deliciosas verduras y frutas.

Los conejos lo miraron con gratitud y asombro, agradecidos por su generosidad y bondad. Él sonrió humildemente, sintiendo una profunda conexión con las criaturas que había ayudado.

A medida que continuaba su viaje, Simón se encontró con más oportunidades para mostrar humildad y empatía hacia aquellos que lo necesitaban. Ya no buscaba la atención o el reconocimiento, sino que encontraba satisfacción en el simple acto de hacer el bien y ayudar a los demás. Él siempre se decía "Si logro sacarle una sonrisa al otro, yo seré feliz".

Con cada acto de bondad, sentía que su corazón se llenaba de luz. Había aprendido la lección más importante de todas: que la verdadera grandeza reside en el servicio desinteresado y la compasión hacia los demás.

Capítulo 9
El regreso al hogar

Después de haber aprendido importantes lecciones de humildad y empatía en el viaje, Simón el gato unicornio se sintió lleno de gratitud y determinación. Sabía que había encontrado el verdadero propósito como guardián de la magia y la esperanza, y estaba listo para compartir su luz con el mundo.

Con el corazón rebosante de amor y compasión, Simón decidió regresar al lugar donde todo comenzó: su hogar en el callejón de la ciudad. A pesar de las adversidades y los desafíos enfrentados en el viaje, nunca olvidó de dónde venía ni a las criaturas que compartían su vida en el callejón.

Al llegar, Simón se encontró con sus antiguos amigos: los gatos callejeros, los perros vagabundos y los pájaros cantores. Los saludó con cariño y les contó sobre su viaje y las lecciones que había aprendido en el camino.

Al escuchar las historias, las criaturas del callejón, primero se rieron y dudaron, pero, cuando tocaron el cuerno que Simón tenía en su frente, y lo notaron verdadero, le creyeron. Luego se sintieron inspiradas y animadas. Comenzaron a ver el mundo con nuevos ojos y a encontrar esperanza en medio de la oscuridad.

El gato se convirtió en un símbolo de esperanza y bondad para todos los que lo conocían, y su hogar en el callejón en un refugio de amor y compasión.

Con el tiempo, las historias sobre el gato unicornio se extendieron más allá de este rincón de la ciudad y llegaron a oídos de criaturas de todas partes. Simón se convirtió en una leyenda viva, un símbolo de coraje y determinación para todos aquellos que anhelaban un mundo mejor.

Pero a pesar de la fama y reconocimiento, nunca olvidó sus raíces ni dejó de ser el mismo gato humilde y compasivo de siempre. Siguió compartiendo su luz con el mundo y ayudando a aquellos que lo necesitaban, recordándoles que la verdadera grandeza reside en el corazón.

Capítulo 10
El legado del gato unicornio

Con el paso del tiempo, Simón el gato unicornio continuó difundiendo su mensaje de amor y compasión por todo el mundo, dejando un legado de esperanza y bondad. La historia se convirtió en un cuento querido por criaturas de todas partes, inspirando a generaciones futuras a seguir sus pasos.

En el callejón donde todo comenzó, se erigió una estatua en honor a Simón, recordando su valentía y dedicación para hacer del mundo un lugar mejor. Las criaturas del callejón se reunían alrededor de la estatua para contar sus historias y recordar el amor incondicional por todos aquellos que lo rodeaban.

En cada ciudad o aldea del mundo, las personas y criaturas que habían sido tocadas por la magia de Simón llevaban consigo el legado, compartiendo el mensaje de esperanza y gratitud con aquellos que los rodeaban. Cada persona y cada criatura que ponía en práctica las enseñanzas de Simón se transformaba espiritualmente en un gato unicornio, ya que recordaban el valor de la paz y del esfuerzo, que, incluso en los momentos más oscuros, permiten encontrar la luz y el poder en uno mismo.

Con el tiempo, el mundo se convirtió en un lugar más amable y compasivo, donde todas las criaturas podían vivir en armonía y dicha. Y aunque Simón ya no caminaba físicamente entre ellos, su espíritu vivía en cada acto de bondad y gesto de compasión, recordándoles que el amor es la fuerza más poderosa de todas.

Y así concluyó la historia de Simón el gato unicornio, cuyo legado perduraría para siempre en los corazones de aquellos que habían sido tocados por su luz. Su vida fue un recordatorio que incluso el más humilde de los seres puede traer esperanza y transformación al mundo, simplemente al compartir amor y compasión con los demás.

Moraleja: "La verdadera magia reside en el coraje de ser uno mismo y en el poder de ayudar a otros a descubrir su propia luz interior".

El misterio de la canción silenciada

En un pequeño pueblo rodeado de montañas, vivía un búho detective llamado Bruno. Era conocido por su agudo oído y su capacidad para descifrar los sonidos más tenues.

Se cuenta que una vez logró descubrir quién le robaba las zanahorias al señor conejo, y que resultó ser él mismo, que se levantaba dormido (sonámbulo le llaman) y se las comía. En otra oportunidad le supo encontrar las llaves de casa al señor hipopótamo, que no las veía, porque su gran barriga se las ocultaba.

Pero esta historia se centra en la vez que una golondrina triste vino a pedirle ayuda.

"¡Señor Bruno!", sollozó la golondrina, "he perdido mi canto. Ya no puedo alegrar al pueblo con mi melodía". Bruno, con su mirada comprensiva, le dijo: "No te aflijas, golondrina, yo te ayudaré a encontrar tu canto".

¿Pero cómo lo logrará, si el canto es invisible?, dijo el ave emplumada.

No te preocupes, respondió el búho, no todo lo que no vemos es inexistente. Por ejemplo, el amor, no se ve, pero se siente.

Bruno recorrió el pueblo, escuchando atentamente cada sonido.

Recostado en la vereda vio a un perro que ladraba y movía la cola. No le pareció que esa fuera la voz perdida de la golondrina. Lo mismo pasó con el maullido de un gato sobre el tejado, que estaba pidiendo comida; y menos aún con el relinchar de un caballo que estaba contento porque su dueño lo sacaría de paseo.

Prácticamente se estaba dando por vencido, porque esa voz le era esquiva. Bruno le había dado su palabra a la golondrina y eso le daba fuerza, porque no quería defraudarla. Por eso insistió, ya que deseaba ver a la golondrina feliz.

De tanto andar y buscar, percibió un canto familiar que provenía de una jaula dorada en la casa del alcalde. Al asomarse, vio un canario enjaulado que cantaba con tristeza.

Bruno ideó un plan. Se dirigió a la casa del alcalde y, fingiendo ser un vendedor de aves, le ofreció un intercambio: un loro imitador de voces por el canario. El alcalde, fascinado por la idea de tener un ave que imitara sonidos, aceptó el trato.

Bruno liberó al canario y lo llevó a la plaza del pueblo. La golondrina, al verlo, se llenó de alegría y juntos entonaron una hermosa canción que llenó de júbilo a todos los habitantes.

Moraleja: La libertad es esencial para la creatividad. No se puede forzar a alguien a expresarse si no está en un ambiente donde se sienta libre y feliz. La verdadera belleza reside en la autenticidad de cada ser.

Otras obras literarias infantiles de la autora que encontrarás en esta plataforma:

- Cómo convertirse en un hada de la vida real
- La Jirafa sabia
- Los desafíos de ser mamá

EDICIONES
AFRODITA
BELLAS LETRAS

www.ingramcontent.com/pod-product-compliance
Lightning Source LLC
Chambersburg PA
CBHW061636130726
47996CB00003B/1313